Questo libro appartiene a...

Ciao a tutti! Anche a voi piace risolvere casi intricati e misteri oscuri? Beh, Scooby Doo e i suoi amici sono degli specialisti in questo… ma un piccolo aiuto non guasta mai. Che ne dite di dar loro una mano? Non è difficile, basta seguire le indicazioni!

Quando incontrerete gli  saprete che la persona di cui si parla è un sospetto. Quando invece vedrete una  capirete che nella frase c'è un indizio importante. Di tanto in tanto, poi, Scooby Doo vi aiuterà a fare il punto della situazione, in modo da non dimenticare nulla. Allora, siete pronti? Le indagini non possono aspettare!

SCOOBY DOO E I SUOI AMICI!

SCOOBY DOO

Arf, arf, mi presento: io sono il mitico Scooby Doo! Se non fosse per il mio coraggio, non riusciremmo a risolvere nemmeno il più semplice dei casi, ma… aspettate un momento… accipicchia… quello che cos'è?! Aiutooo!!!

SHAGGY

Ehi ragazzi, non è che per caso vi avanza un pezzetto di torta? Sento un certo languorino… sì, lo so, gli altri dicono che penso solo a mangiare, ma non capiscono che per essere sempre al massimo il mio cervello ha bisogno di zuccheri?

VELMA

Sono la cervellona del gruppo: mi piace leggere e studiare, ma soprattutto mi piace trovare il pelo nell'uovo, o l'ago nel pagliaio se preferite! Porto un bel paio di occhiali all'ultima moda... per vedere meglio gli indizi e le impronte che mi capitano sotto mano!

DAPHNE

Se cercate un modello di eleganza e di stile, ce l'avete proprio davanti agli occhi… ma non fatevi ingannare dal mio aspetto, all'occorrenza so essere l'investigatore più attento che ci sia: nessun colpevole mi può sfuggire!

FRED

Quando non sono impegnato a risolvere i misteri insieme ai miei amici, la cosa che preferisco è andare in palestra e fare sport e… modestamente si vede!

www.battelloavapore.it

Traduzione e adattamento del testo: Cristina Brambilla
Progetto grafico: Laura Zuccotti

PIEM 2663

I Edizione 2005

Edizione italiana 2005- Edizioni Piemme Spa
15033 Casale Monferrato (AL) - Via G. del Carretto, 10
www.edizpiemme.it - info@edizpiemme.it

Stampa: Mondadori Printing S.p.A. - Stabilimento AGT

James Gelsey

Un'estate da brivido

Traduzione di
Cristina Brambilla

SCOOBY-DOO!™

PIEMME
Junior

1
Una giornata di Spruzzi e Spassi

Il sole splendeva sopra la Mystery Machine e la Misteri & Affini aveva deciso di godersi la magnifica giornata estiva. Fred era al volante, Daphne e Velma erano sedute accanto a lui, mentre Scooby e Shaggy stavano sul sedile posteriore, come al solito. Tutti quanti indossavano vivaci abiti leggeri, sandali estivi e occhiali da sole.

– Caspiterina, ragazzi! Credevo che il sole non si sarebbe mai più fatto vedere – disse Shaggy.

– Anche se mi spiace doverlo ammettere, devo dire che stavolta sono d'accordo con Shaggy – disse Velma. – Queste due settimane di pioggia sono state terribili.

– L'hai detto! – esclamò Daphne. – Finalmente possiamo usare il nostro abbonamento stagionale all'Aquapark Oceanico.

– A proposito, eccolo lì – disse Fred indicando in lontananza un grosso silos per l'acqua. Il serbatoio torreggiava sopra un groviglio di scivoli e altre attrazioni acquatiche.

– Ehi, siamo quasi arrivati! Finiamo di prepararci, Scooby – esclamò Shaggy.

– Ma se indossano già il costume da bagno, – disse Daphne – in che modo devono prepararsi?

– Ho paura di scoprirlo – rispose Velma.

Nel frattempo, la Mystery Machine aveva oltrepassato l'insegna dell'aquapark.

– Quella non era la foto di Tippy Torre? – chiese Daphne. – Non sapevo che fosse in società con l'Aquapark Oceanico.

In quel momento, due boccagli fecero capolino dal retro della Mystery Machine. Shaggy e Scooby avevano finito di prepararsi: indossavano una maschera e una muta da sub.

– Chi è Tippy Torre? – chiese Shaggy con una buffa voce nasale.

Velma e Daphne si cambiarono un'occhiata, poi Velma disse: – So già che mi pentirò di avervelo chiesto, ma si può sapere perché vi siete messi una muta da sub?

– Per il toboga Spruzzi e Spassi, naturalmente – rispose Shaggy. – Non vogliamo certo bagnarci, vero Scooby?

– Puoi scommetterci! – abbaiò il cagnone.
– Stiamo andando a un aquapark – intervenne Daphne. – Ci si va apposta per bagnarsi.
– Questo lo sappiamo, – disse Shaggy – però non vogliamo che le nostre merende s'inzuppino. Fai vedere, amico...
Scooby infilò la zampa dentro la muta e tirò fuori un panino tutto ammaccato farcito di banana, marmellata e scaglie di cioccolato.

– Oh, e quello sarebbe un panino?– mormorò Velma.
Scooby diede un bel morso al suo panino e poi lo ricacciò dentro la muta.
– Chi è questa Topi Tirry? – insistette Shaggy.
– Tippy Torre – rispose Fred. – È una campionessa olimpionica di nuoto. Ha vinto cinque medaglie d'oro l'anno scorso. Secondo me vuole sfruttare la sua popolarità a favore dell'Aquapark Oceanico.

– Bella idea – disse Shaggy. – Allora, mentre noi saremo a spassarcela al toboga Spruzzi e Spassi, voi cosa farete?

– Fred e io andremo alla Laguna dei Surfisti – disse Daphne.

– A me interessa la Piscina Ondosa – rispose Velma. – Ho intenzione di dimostrare una mia teoria sulla frequenza delle onde.

Nel frattempo, Fred aveva raggiunto il parcheggio. Notò una lunga fila di automobili incolonnata all'uscita.

– Questo è proprio strano – mormorò Velma.

– Sono solo le undici del mattino e guardate quanta gente se ne sta già andando.

Fred trovò un posto libero proprio di fronte all'ingresso. Non appena messo piede giù dal furgone, la banda vide una mamma e i suoi tre bambini marciare verso l'uscita.

– Chiedo scusa, – disse Daphne – ma i miei

amici e io siamo appena arrivati e ci chiedevamo se ci fossero dei problemi. L'aquapark sta per caso chiudendo?

– Non so se sta chiudendo, ma so che dovrebbe farlo! – brontolò la donna. – La corrente nella Piscina Vorticante è così violenta che ha scagliato i miei bambini fuori dal salvagente. E le onde della Piscina Ondosa sono così alte da stordirti, se ti arrivano in testa.

– Allora avranno chiuso queste due attrazioni e tenuto aperto tutto il resto – concluse Velma.
– Finché la Spruzzi e Spassi spruzza e spassa, niente potrà tenere me e Scooby lontano da questo posto! – annunciò Shaggy.
E fu proprio in quel momento che un grido lancinante squarciò l'aria.
– Paura! – esclamò Shaggy saltando in braccio a Scooby. – Volevo dire: niente tranne questo!

2
Concorrenza sleale

La Misteri & Affini mostrò il proprio biglietto ed entrò. Un bambino piangeva a dirotto, mentre la madre accanto a lui strillava che voleva vedere il proprietario e che avrebbe telefonato subito al proprio avvocato e che non l'avrebbero passata liscia. Madre e figlio erano di fronte al chiosco dei gelati e il bambino aveva un po' di gelato in mano. Più il gelato gocciolava a terra, più forte il bambino piangeva e la mamma strillava.

– Dov'è il direttore di questo posto?! Se non si fa vedere subito, il mio avvocato gli farà passare un brutto guaio! Allora, nessuno ha il coraggio di darmi una spiegazione? – gridava la mamma.

Una donna vestita con la divisa dell'Aquapark Oceanico arrivò di corsa. Dopo pochi minuti di conversazione, il bambino smise di disperarsi e la mamma di protestare. Finalmente sorridenti, si allontanarono diretti agli scivoli. La donna vestita di blu e giallo fece un sospiro di sollievo e si mise a esaminare il chiosco.

– Ehi, ma è Tippy Torre! – disse Velma incamminandosi verso di lei. – Mi scusi, signorina Torre...

Lei si voltò con un sorriso:
– Oh, chiamatemi pure Tippy. Posso aiutarvi? – chiese con il suo cordiale accento del sud.

– I miei amici e io ci chiedevamo come hai fatto a consolare quel bambino – disse Velma. – Sembrava davvero disperato.

– E lo era. Una strana creatura vestita da gelataio dell'aquapark gli ha rovesciato il gelato direttamente in mano, invece che nel cono. Poi la creatura è scoppiata a ridere ed è scappata via. Io ho raccontato al bambino e alla sua mamma che quello è il modo attraverso il quale eleggiamo il vincitore di un abbonamento stagionale.

– Non sapevo che esistesse un modo per vince-

re l'abbonamento stagionale – dichiarò Fred.
– Infatti – rispose Tippy. – Ma dovevo inventarmi qualcosa per fare felici quelle persone e convincerle a non abbandonare il parco. Succedono troppe stranezze da un po' di tempo in qua e cominciano a influire negativamente sulle presenze.
– Potrebbe essere il momento buono per tirarsi fuori da questo aquapark, – disse un uomo comparso alle spalle di Tippy – non ha senso legare il proprio nome a un fiasco.
– A meno che il nome in questione non sia Bruno Meister – replicò Tippy seccata. – Te lo ripeto un'ultima volta: ho comprato l'Aquapark Oceanico per farlo diventare il migliore parco acquatico per famiglie del mondo. E non permetterò a nessuno di spaventarmi e mandarmi via.
La camicia rossa, blu e bianca di Bruno scricchiolò mentre lui si stringeva nelle spalle.

– Beh, spero riuscirai a non affogare in questo... *mare di guai*, Tippy – disse prima di scoppiare a ridere. – L'hai capita? Affogare nei guai! Una campionessa di nuoto che affoga in un mare di guai! Ah, ah!
Shaggy e Scooby ridacchiarono sotto i baffi. Fred, Velma, Daphne e Tippy, invece, restarono immobili e in silenzio.
– Tippy, adesso ascolta tu quello che ho da dirti, – continuò allora Bruno tornato serio – ho acquistato quel vecchio impianto industriale in fondo alla strada. Entro l'anno prossimo, lì sorgerà la Piscina Sportiva Bruno Meister. Pensaci, con la tua celebrità e i miei soldi vinceremmo il campionato di

nuoto. Riesci a immaginare il nostro successo? No, non ci riesci. Ti darò una mano...

Bruno frugò nella tasca dei calzoni ed estrasse un foglio.

– Dai un'occhiata... – disse con orgoglio.

Tippy guardò la foto e l'espressione del suo viso si rabbuiò.

– Ehi, quella sei tu! – esclamò Shaggy.

– Con indosso il costume ufficiale dello sponsor: Forniture Idrauliche Bruno Meister.

– Ma io non ho mai avuto un costume così! – disse Tippy. – Dove hai preso questa foto?

– La foto viene dal depliant pubblicitario dell'Aquapark Oceanico. L'ho scannerizzata con il computer e in pochi minuti ho creato questo piccolo capolavoro.

Fred, Daphne e Velma videro il viso di Tippy diventare rosso per la rabbia.

– Scusa Bruno, ma non ho tempo da perdere.

Devo tornare al lavoro – disse la ragazza a denti stretti. Quindi voltò sui tacchi e se ne andò.

– Cambierà idea. Sono sicuro che lo farà – disse Bruno prima di sparire tra la folla.

– Mi chiedo quale strana creatura si sia vestita da venditore di gelati – mormorò Daphne.

– Beh, date un'occhiata – disse Shaggy.

Daphne, Velma e Fred si voltarono. Scooby Doo stava dietro al chiosco. Indossava un cappello a forma di cono gelato sopra la maschera col boccaglio.

– Chi vuole un cono doppio? – chiese.

– Molto divertente, – disse Velma – ma non mi sembra il momento di scherzare.

– Vero! – concordò Shaggy. – È il momento di farsi un bel bagno! Chi arriva per ultimo alla Spruzzi e Spassi è un croccantino inzuppato!

ADESSO TOCCA A TE!

– Questo aquapark è davvero strano, non sembra anche a te? Il mio infallibile fiuto ha già segnalato una persona sospetta. Hai notato anche tu gli occhi a pagina 23? Hai preso nota sul tuo quaderno da investigatore? Allora sotto con le indagini! Per comodità, rispondi a queste tre domande.

1. Come si chiama la persona sospetta?
2. In quale progetto è coinvolta?
3. Che cosa ha fatto arrabbiare Tippy Torre?

Quando hai risposto alle domande, continua a leggere e scopri cos'è successo dopo.

3
Tippy sotto pressione

Shaggy e Scooby corsero verso il toboga. Proprio in quel momento, un tizio comparso dal nulla sfrecciò sopra le loro teste a bordo di uno skateboard. I due amici si abbassarono appena in tempo per evitare d'essere travolti. Con la coda dell'occhio, videro il tizio atterrare

e fermare lo skateboard in un mare di scintille.
– Grandioso! – esclamò il ragazzo.
Shaggy e Scooby lentamente si rialzarono. Si sentivano scossi e nervosi.
– Scusatemi per lo spavento – disse il ragazzo avvicinandosi. – Mi dispiace, non vi avevo visto. E dire che i vostri vestiti non passano inosservati. State bene?
– Noi sì – rispose Shaggy. – Ma dubito che fra un minuto tu possa dire lo stesso. Guarda lì…
Il ragazzo si voltò e vide Tippy Torre marciare verso di lui con un'espressione molto poco amichevole.
– Sono rovinato… – mormorò il ragazzo.
– Ziggy Bones, quante volte ti avrò detto di non andare in skateboard qua dentro?
– Non è colpa mia – rispose il ragazzo. – Il mio skate fa sempre di testa sua!
– Ti avevo già avvisato che se ti avessi sorpreso

un'altra volta ti avrei confiscato lo skate – continuò Tippy. – Quindi dammelo, per favore.

– Quanto sei severa, signorina – protestò Ziggy. – Troppo severa!

– Che succede? – chiese Daphne che era sopraggiunta solo in quel momento. – Shaggy e Scooby hanno combinato qualche guaio?

Tippy scosse la testa e fissò Ziggy.

– Colpevole! – disse il ragazzo sollevando una mano.

– Ziggy pensa che l'Oceanico sia la sua pista di skate personale – continuò Tippy. – Nonostante sappia benissimo quanto sia pericoloso!

– Ma è colpa di tutta questa gente che nuota e sguazza! – protestò Ziggy. – Togli l'acqua e questo posto diventerebbe la più grandiosa e super favolosa pista da skate del mondo! Apri gli occhi, Tippy! Il toboga Spruzzi e Spassi, la Piscina Vorticosa e persino il Fiume Pigro sarebbero piste da brivido! L'Aquapark Oceanico diventerebbe il centro universale dello skate!

Prima che Tippy potesse replicare, Fred notò qualcosa a terra, che stava proprio accanto allo skate di Ziggy.

– Che cos'è? – si domandò, chinandosi per raccogliere un pezzo di carta.
– Uh, niente... niente... – balbettò Ziggy cercando goffamente di riprendere il foglietto.
Tippy però fu più veloce. Spiegò il foglio e spalancò gli occhi.
– È solo un'idea… – disse Ziggy. – Davvero, tanto per esercitarmi un po' al computer.
Tippy mostrò alla Misteri & Affini il foglio.

– Guardate, è un’altra foto di Tippy! – esclamò Daphne.

– Solo che questa volta, invece di un costume da bagno che non ho mai indossato, ho una tuta e uno skate che non ho mai visto in vita mia! – brontolò la ragazza.

– Come dicevo, è solo un’idea – intervenne Ziggy. Tolse il foglio dalle mani di Tippy e se lo infilò nella tasca dei bermuda.

Tippy inspirò profondamente e sorrise a Ziggy dicendo: – So che le tue intenzioni sono buone, ma io sono una nuotatrice e intendo rimanerlo. Puoi lasciare il tuo skate all’ingresso.

– È una vera tristezza sentirti parlare così – disse Ziggy. – Magari cambierai idea. E quando succederà, io sarò pronto.

La Misteri & Affini e Tippy lo guardarono addentrarsi mestamente nell’aquapark.

– Caspiterina, Tippy – disse Daphne. – Sembra

proprio che tutti quanti vogliano che tu faccia qualcosa per loro.

– Lo so – rispose lei. – Da quando ho vinto quelle medaglie, sembra che per la maggior parte della gente io sia diventata una fabbrica di soldi. Non vogliono capire che non intendo mettermi in quel genere di affari.

A quel punto il walkie-talkie di Tippy richiamò la sua attenzione. Qualcuno aveva bisogno di lei al toboga Spruzzi e Spassi.

– Oh, devo sbrigarmi! – disse Tippy avviandosi. – Ci vediamo più tardi.

– ...Spruzzi e Spassi? – mormorò Shaggy. – Ma è dove io e Scooby vogliamo andare!

– Spero che non ci siano problemi – aggiunse Velma.

– Non ci resta che scoprirlo! – concluse Fred.

ADESSO TOCCA A TE!

– Che barba, un altro bizzarro personaggio vuole trasformare l'aquapark in qualcosa di diverso! D'accordo, terremo sotto controllo anche lui. Hai preso nota degli occhi a pagina 31? Hai sfoderato il tuo taccuino? Per comodità, rispondi a queste tre domande.

1. Qual è il nome del sospetto?
2. In che occasione Shaggy e Scooby l'hanno conosciuto?
3. In che cosa vorrebbe trasformare l'aquapark?

Quando hai risposto alle domande, continua a leggere e scopri cos'è successo dopo.

4
Di nuovo quella bizzarra creatura...

Prima che Shaggy e Scooby potessero precipitarsi al toboga, però, Fred, Daphne e Velma bloccarono loro la strada.

– No, no, no. Fermi dove siete! – disse Velma.

– Non farete un altro passo senza togliervi tutto

quel ridicolo armamentario – aggiunse Daphne.
– Ma se ci togliamo la muta, la nostra merenda s'inzupperà! – protestò Shaggy.
– Tanto non è permesso portare del cibo sugli scivoli – puntualizzò Velma.
– E va bene, avete vinto – disse Shaggy. – Forza Scooby, andiamo a cambiarci dentro quella cabina.
A pochi passi di distanza, infatti, Shaggy aveva adocchiato un piccolo edificio di legno. Seguito da Scooby, aprì la porta e fece per entrare, quando una voce maschile urlò: – Ehi! – da dentro il capanno.
– Scusa, amico – disse Shaggy. – Non avevamo capito che la cabina fosse occupata.
– Cabina un corno! – protestò l'uomo. – Questa è la stanza delle pompe idrauliche numero otto, quella che regola la Piscina Vorticante. L'ingresso è consentito solo al personale.

Daphne lesse il nome sulla targhetta appuntata alla divisa dell'uomo e poi disse: – Scusi signor Grumley. I miei amici stavano solo cercando un posto dove cambiarsi.

– Che ne dite degli spogliatoi della piscina Sally Saltelli, giù in città? – sbottò l'uomo. – Ci sto andando proprio ora.

– Allora non lavora qui? – domandò Velma.

– Ci lavoravo fino a un'ora fa, prima che quella Tippy Torre mi licenziasse – precisò il signor Grumley. – Mi accusa degli accidenti capitati alla Piscina Vorticante. Io non c'entro un bel niente, ma siccome sono il capo degli addetti alla manutenzione devo assumermi la responsabilità di tutto quello che succede qui.

Scosse la testa e guardò avvilito la sua cassetta degli attrezzi prima di aggiungere: – Lavoro all'Aquapark Oceanico da sempre. Ho persino aiutato a costruire alcune delle attrazioni. Adesso qualcuno combina un disastro dietro l'altro con la pressione dell'acqua e io vengo sbattuto fuori.

– Forse, se ne parlasse con Tippy... – azzardò Velma.

– A quella ragazza non importa un bel niente, a parte la sua reputazione! – sbottò il signor Grumley. – Vuole licenziarmi? Molto bene, si accomodi. Tanto un giorno avrà quello che si merita! 

Appena il signor Grumley voltò le spalle per andarsene, un foglio di carta scivolò fuori dalla cassetta degli attrezzi. Scooby lo raccolse da terra e ridacchiando lo mostrò a Shaggy. Tanto per cambiare, era una fotografia di Tippy Torre. Questa volta, però, qualcuno le aveva annerito i denti e disegnato due grossi baffoni sotto il naso.

Daphne recuperò il foglio dalle zampe di Scooby e disse: – Uh, signor Grumley… credo che abbia perso qualcosa.

L'uomo vide il foglio e arrossì fino alla radice dei capelli. Corse indietro e lo strappò dalle mani di Daphne.

– Lo ammetto: ho esagerato, ma viviamo in un paese libero, fino a prova contraria – ringhiò prima di andarsene senza nemmeno salutare.

– Accipicchia, non ho mai visto nessuno così arrabbiato – commentò Daphne.

– Forza, scordiamoci del signor Grumpley e andiamo a controllare che cosa è successo alla Spruzzi e Spassi – disse Fred.

– Buona idea! Non perdiamo altro tempo – commentò Shaggy.

– Ma prima toglietevi subito quelle ridicole

mute da sub – aggiunse severamente Daphne. Non appena Shaggy e Scooby si furono cambiati, la Misteri & Affini si diresse al toboga più alto di tutto il parco acquatico. E lì trovarono Tippy, in piedi davanti all'ingresso.

– È tutto a posto? – chiese Fred.

– Sembrerebbe di sì – rispose Tippy. – Una coppia di ragazzini dice d'aver visto una bizzarra creatura scappare dietro il toboga. Io però ho controllato senza trovare nessuno. Probabilmente è solo una birichinata.

– Questo significa che possiamo entrare? – disse Shaggy con un'espressione entusiasta dipinta sul viso.

– Preparatevi alla più scatenata e bagnata discesa del mondo! – rispose Tippy. Quindi si fece da parte per indicare il vialetto che conduceva al toboga. – Di solito per entrare qui c'è una fila chilometrica... siete fortunati a non trovare

nessuno, oggi. Divertitevi, mi raccomando!
– Ci vediamo alla Laguna dei Surfisti! – disse Daphne. Arrivati a metà del sentiero, però, i due amici si fermarono.
– Ehi! Daphne! Al volo! – gridò Shaggy lanciando in aria qualcosa che atterrò esattamente sopra i sandali di Daphne.
– Ma che roba è? – domandò Fred.

Guardando il panino imbottito di marmellata, banana e cioccolato spiacciato sui suoi piedi, Daphne mormorò: – È quello che resta della loro merenda!

ADESSO TOCCA A TE!

– E tre! In questa storia le persone sospette si moltiplicano e noi dobbiamo occuparci di loro! Scommetto che hai già preso nota degli occhi a pagina 38, quindi apri il tuo taccuino da investigatore e scrivi tutto quello che non ti ha convinto nel capitolo precedente. Per comodità, rispondi a queste tre domande.

1. Come si chiama la terza persona sospetta?
2. Che lavoro fa?
3. Che cosa ha combinato di sospetto?

Quando hai risposto alle domande, continua a leggere e scopri cos'è successo dopo.

5
Molto più di una discesa scatenata

Il sentiero s'inoltrava a zig-zag dentro una finta foresta.

Enormi alberi di sequoia s'innalzavano fino al cielo. Suoni di uccelli e altri rumori echeggiavano nell'aria. Shaggy e Scooby non sentivano più le voci degli altri clienti del parco.

– Non so cosa ne pensi, amico – mormorò Shaggy – ma questa foresta mi sembra abbastanza lugubre.
– Proprio così, lugubre – guaì il cagnone. – C'è nessuno?
– Probabilmente sono tutti alla Laguna dei Surfisti con Fred e Daphne – disse Shaggy accelerando il passo per raggiungere la fine del sentiero. Il rumore d'acqua corrente diventava sempre più forte. Era il suono della cascata che alimentava il toboga acquatico.
Finalmente, i due amici raggiunsero un padiglione di legno. Lì, un impiegato dell'aquapark vestito con un poncho blu indicò il tronco gigante che ondeggiava davanti ai loro occhi. L'inserviente li aiutò a sistemarsi all'interno del tronco trasformato in una colossale piroga. Poi abbassò la sbarra di sicurezza e fece dietrofront.

– Divertitevi! – gridò. – E se soffrite di vertigini non guardate in basso!

– Cos'è che non dobbiamo fare? – strillò Shaggy di rimando.

– Guardare giù! – rispose l'inserviente.

Naturalmente, Shaggy e Scooby guardarono giù e scoprirono quanto fossero in alto.

– Paura! – strillò Scooby coprendosi gli occhi.

– Pericolo! – gli fece eco Shaggy.

Il tronco scattò bruscamente in avanti. La forza dell'acqua lo spingeva di prepotenza lungo lo scivolo pieno di curve, salite e discese mozzafiato. Poi, arrivato in cima a una salita particolarmente alta, il tronco si fermò in bilico, ondeggiando.

Scooby tolse le zampe dagli occhi.

– Uh? Che succede? – domandò.

– Non ne ho idea – rispose Shaggy. – Sembra che siamo rimasti a secco.

Infatti, l'acqua aveva smesso di scorrere e il tronco beccheggiava sull'ultimo scivolo.

– Non muoverti, Scooby. Oppure sperimenteremo solo gli spruzzi senza gli spassi, temo… – disse Shaggy.

– Attenti a voi, Oceanici!

I due amici si voltarono richiamati da quella

voce tonante. E, proprio in cima al silos dell'acqua che alimentava il toboga, videro qualcuno… o qualcosa! Da quello che si capiva, la creatura era tutta blu, aveva lunghe orecchie a punta e un'espressione feroce.

– Io sono il re dei folletti! – annunciò la cosa blu agitando in aria un lungo scettro di metallo.

– L'Aquapark Oceanico è chiuso! Da oggi e per sempre!

La voce echeggiò per tutto il parco, sovrastando qualsiasi altro rumore.

– Sento una vocina dentro di me che grida "pericolo!" e muore dalla voglia di scappare fuori – bisbigliò Shaggy, mentre i denti sbattevano e la voce usciva a singhiozzo.

– Resisti – guaì Scooby.

– Andatevene adesso e nessuno si farà del male! – continuò la voce minacciosa. – Se non lo farete, l'Aquapark Oceanico si trasformerà nel regno dei folletti!

Accompagnato da un suono stridulo, la creatura sparì dietro il silos. L'attimo successivo, la cascata dietro il toboga ricominciò a scorrere e l'acqua fluì poderosa nello scivolo. Shaggy e Scooby sentirono il tronco ondeggiare.

– Tieniti forte! – strillò Shaggy.

La corrente spinse il tronco e fu come se un camion li avesse tamponati.

– AAAIIIUUUTOOO! – urlarono i due amici schizzando a folle velocità giù dalla discesa.

Arrivarono a fine corsa sollevando un'onda altissima. Fred, Velma, Daphne e Tippy Torre accorsero per aiutarli a uscire dal tronco.

– Tutto ok? – chiese Tippy.

Bagnati fradici, i due si scambiarono un'occhiata e sorrisero.

– Grandioso!

– Pfiu... sono felice di sapere che state bene – disse Tippy. – Adesso però qualcuno ha chiuso l'acqua al Fiume Pigro. Qui non c'è più niente che funzioni!

Una frotta di visitatori superò la ragazza per dirigersi all'uscita.

– Se la storia del folletto comincia a circolare, sarò costretta a chiudere – mormorò.

– No, non è detta l'ultima parola – dichiarò Fred. – Tippy, tu preoccupati dei visitatori. Il folletto lascialo a noi!

6
Il Fiume Pigro si è svegliato!

– Allora ragazzi, dobbiamo fare in fretta se vogliamo che questo parco resti aperto – disse Fred. – Sarà meglio dividerci per metterci a caccia d'indizi.

– Io dico che dovremmo dividerci e andare a mangiare un gelato – propose Shaggy.

– Prima chiudiamo questa faccenda – disse Velma. – Dunque, ricapitolando, Tippy ha detto che due ragazzini l'hanno informata della presenza del folletto vicino al silos dell'acqua.
– Brava Velma! – esclamò Fred. – Prendi Shaggy e Scooby con te, mentre io e Daphne inizieremo dalla Piscina Vorticante. Se non ricordo male, i guai sono cominciati lì.
– Diamoci appuntamento al Fiume Pigro appena qualcuno ha trovato un indizio – concluse Velma.
Dietro l'ingresso del toboga Spruzzi e Spassi, Velma individuò un cancello con la scritta "INGRESSO VIETATO" dipinta sopra. Aprì il cancello, sbirciò dentro e disse: – Da questa parte. Venite.
I tre amici percorsero un breve vialetto che conduceva al silos. E appoggiata contro la struttura c'era la scala più lunga che Shaggy e

Scooby avessero mai visto in vita loro. Guardarono in su e rabbrividirono.

– Avanti, siete due fifoni – disse Velma. – È tutta questione di forza di volontà. Basta pensare che state salendo su una scala per cambiare una lampadina.

– L'unica lampadina che puoi cambiare in cima a questa scala è quella che c'è dentro al sole – protestò Shaggy. – Niente in contrario se Scooby e io cerchiamo indizi più *terra-terra*?

– Come questo qui! – abbaiò il cagnone. Abbassò il muso e cominciò ad annusare il terreno. Come un aspirapolvere, il naso di Scooby stanò un pezzo di carta che gli si appiccicò a una narice.

– Bel lavoro! – esclamò Velma esaminando da vicino il ritaglio. – Sembra un pezzo di foto. La domanda è: cosa se ne fa un folletto di un ritaglio così?

– Sai Velma, avrei una domanda più importante – disse Shaggy. – Visto che Scooby ha trovato un indizio, adesso possiamo avere un gelato?
– Giusto! – abbaiò il cane.
Velma guardò i due amici al di sopra degli occhiali. – Magari più tardi, cari miei – disse.
– Portiamo al Fiume Pigro questo indizio. Daremo un'occhiata anche lì mentre aspettiamo Fred e Daphne.

Così, i tre si addentrarono nel parco acquatico.
– Accipicchia, questo posto è deserto – disse Velma. – Siamo rimasti solo noi…
– E un furibondo, orribile folletto blu – aggiunse Shaggy.
Dopo una lunga camminata, apparve il Fiume Pigro. Decine di salvagenti rossi e blu giacevano abbandonati sul fondo di cemento.
– Che fine ha fatto il fiume? – chiese Scooby.
– Non lo so – rispose Shaggy. – Però so che tutti quei salvagenti mi hanno stuzzicato l'appetito.
– Come è possibile che un salvagente ti faccia venire fame? – chiese Velma.
– Perché assomigliano a ciambelle. Ciambelle rosse, ciambelle blu, ciambelle gigantesche! – rispose Shaggy.
– Ciambelle! – abbaiò Scooby. – Fame!
– Shaggy, per piacere, cerca di concentrarti sugli indizi – disse Velma. – Facciamo così: io

guardo qui sopra, tu e Scooby cercate delle ciambelle... voglio dire, delle prove lì sotto.

Shaggy e Scooby arrivarono sul fondo scivolando lungo la riva del fiume.

– Qui non c'è niente, a parte un assortimento di soffici, morbide e appetitose ciambellone – riferì Shaggy fra una risatina e l'altra. Poi, poco distante, vide qualcosa scintillare. Si precipitò lì e sollevò da terra un paio di occhiali da sole.

– Che fortuna! Qualcuno andava tanto di fretta che si è scordato gli occhiali – disse Shaggy.

– Guarda Scooby! C'è qualcosa anche per te!
Scooby seguì le indicazioni e, in effetti, trovò un altro bel paio di occhiali. I due amici si ammirarono l'un l'altro, facendosi molti complimenti. Trascorsi un paio di minuti, però, cominciarono a sentirsi i piedi bagnati.
– Ehi, che succede? – chiese Shaggy togliendosi gli occhiali per guardare meglio. Sul fondo del fiume vide un rigagnolo d'acqua che prima non c'era. Nel giro di pochi secondi, il rigagnolo si trasformò in un ruscello e poi, in men che non si dica, in una rapida corrente d'acqua!

– Si sta riempiendo! – strillò Shaggy. – È il folletto! Vuole affogarci!

7

Troppo gelato può dare alla testa

Shaggy e Scooby tentarono di risalire lungo le sponde del fiume, ma l'acqua le aveva rese scivolose. Afferrarono due salvagenti e si lasciarono portare dalla corrente.

– Aiuto! – strillò Shaggy. – Il folletto vuole annegarci!

– Rilassatevi, tutti e due! – gridò Velma dalla

riva del fiume. – Sono stata io. Ho trovato la stanza delle pompe idrauliche del Fiume Pigro. E ho trovato anche questa. L'ho usata per regolare la corrente – spiegò Velma agitando una robusta e lunghissima chiave stringitubi.

– Ehi, non è lo scettro del folletto? – disse Shaggy. 

– È anche un indizio – disse Velma con un sorriso. – Vado a cercare Fred e Daphne. Vedete di non finire nei guai.

– Non capisco in quali guai potremmo finire – protestò Shaggy.

– Come se non vi conoscessi! Con voi due può capitare di tutto – rispose la ragazza.

Quando il letto del fiume

fu colmo, fu facile per Shaggy e Scooby uscire dall'acqua.

– Niente come un fiume pigro per risvegliare l'appetito, vero Scooby? – chiese Shaggy.

– Giusto! – abbaiò il cane.

L'occhio di Shaggy cadde su un chiosco di gelati, proprio all'ingresso principale del parco.

– Beh, direi che è arrivato il momento di uno spuntino – annunciò.

– Più che giusto! – esclamò Scooby, precedendo l'amico verso la merenda. Il chiosco però, sembrava abbandonato.

– C'è nessuno? – disse Shaggy. – Vorremmo due coni gelato, doppio cioccolato e panna montata. Iuu-uhh!

Scooby allungò il naso dietro il chiosco e fu a quel punto che il folletto saltò fuori. Sulla testa blu portava un cappellino a forma di cono gelato ed era così spaventoso da gelare il sangue.

– Qualcuno ha chiesto un gelato? – disse. Poi scodellò una cucchiaiata di gelato sulla testa di Shaggy. Scooby scoppiò a ridere. Smise solo quando il folletto gli rovesciò fra le orecchie una doppia cucchiaiata di gelato di pistacchio.
– Ehi! Nessuno scarica palate di gelato sulla testa del mio amico! – protestò Shaggy.
– Stai attento – disse il folletto con un sorriso maligno. – Troppo gelato può dare alla testa…

– Uh… scappiamo? – disse allora Shaggy rivolto a Scooby Doo. – Alza le zampe, amico!
In un batter d'occhio, Shaggy e Scooby si stavano scapicollando dentro al parco rincorsi dalla creatura blu. Schivarono sedie, scivoli e ombrelloni senza mai voltarsi indietro. Il gelato si scioglieva dalle loro teste per andare a spiaccicarsi sull'orribile faccia del folletto.
– Tornate qui! – gridava. – Non vi piace il mio gelato?
Shaggy e Scooby imboccarono correndo a perdifiato l'ingresso della Piscina Vorticosa e saltarono dentro due salvagenti formato gigante. I due amici iniziarono a galleggiare trascinati dalla corrente, prima lungo uno stretto canale e poi dentro a una vasca enorme. Vortici e gorghi di ogni dimensione catturavano tutto quello che galleggiava sulla superficie dell'acqua e lo facevano girare e girare e girare… Ben presto,

anche i salvagenti di Shaggy e Scooby furono catturati da un gorgo e cominciarono a vorticare. La risata del folletto rimbombò nel parco, mentre la velocità del gorgo aumentava.

– Reggiti forte, Scooby! – gridò Shaggy cercando di sovrastare il fragore dell'acqua.

I salvagenti giravano sempre più veloci, sballottando Shaggy e Scooby in tutte le direzioni. E poi, la vorticante piscina si fermò di colpo. L'acqua smise di turbinare per defluire dolcemente nei canali di scarico. Sempre abbracciati ai salvagenti, i due amici s'incamminarono barcollando verso l'uscita. Lì trovarono il resto della Misteri & Affini.

– State bene? – chiese Daphne correndo loro incontro.

– Ragazzi, adesso so come si sentono i miei calzini quando li metto in lavatrice – mormorò Shaggy. – Dov'è il folletto?

– Dopo aver aumentato la velocità è scappato – disse Fred. – Deve averci visto arrivare.

– Velma ha usato la chiave stringitubi per bloccare il flusso d’acqua – aggiunse Daphne.

Shaggy e Scooby si decisero ad abbandonare i salvagenti. Erano zuppi dalla testa ai piedi, neanche un centimetro di pelle o di tessuto era rimasto asciutto. Ai loro piedi, si formarono due grosse pozzanghere.

– Bene, – disse Shaggy. – direi che per oggi abbiamo giocato abbastanza con l'acqua. Che ne dite se andiamo a darci un'asciugata nel furgone?

– Non ancora, Shaggy – rispose Fred. – C'è qualcosa di più urgente di cui occuparci.

– E che cosa? – domandò Shaggy. – Forse però non voglio saperlo...

– Dobbiamo collegare gli indizi che voi e Velma, Daphne e io abbiamo raccolto – disse Fred.

Daphne mostrò un pezzo di gomma a strisce rosse, bianche e blu.

– Bella bandierina, Daphne. Adesso posso vedere questo famoso indizio che tu e Fred avete trovato? – domando Shaggy.

– Ce l'hai proprio sotto al naso – rispose Daphne con un bel sorriso. La ragazza arrotolò il pezzo di gomma colorata attorno alla mano.

– Ti calza come un guanto – scherzò Shaggy.

– Come una cuffia, vorrai dire – aggiunse Daphne.

– Con quest'ultimo indizio tutta la faccenda diventa limpida come il cristallo – disse Velma. – Il nostro folletto è nei guai fino al collo!

– Sapete che cosa vuol dire questo, ragazzi? – disse Fred. – È ora di tendere una trappola!

ADESSO TOCCA A TE!

– Quanti indizi! Sarà meglio riordinare le idee altrimenti rischiamo di ingarbugliare questo mistero. Hai notato le torce a pagina 54, 60 e 67? Hai annotato tutto sul tuo taccuino da investigatore? Bene, perché siamo alla resa dei conti! Per comodità, rispondi a queste tre domande.

1. Che cos'è il primo indizio?
2. Il secondo indizio è uno scettro o una chiave stringitubi?
3. Che cosa potrebbe essere il terzo indizio?

Quando hai risposto alle domande, continua a leggere e scopri cos'è successo dopo.

8
Quando si dice: una fifa blu

– Ho in mente un piano per catturare quel folletto. Rifaremo a lui quello che ha fatto a Scooby e Shaggy.

– E cosa vorresti fare? Scodellargli del gelato in testa? – domandò Shaggy.

– No, lo attireremo sul toboga. Una volta in

cima alla discesa più ripida, lo lasceremo all'asciutto! – rispose Fred.

– Cioè? – abbaiò Scooby Doo.

– Chiuderemo la pompa dell'acqua. Il tronco resterà bloccato sul crinale della discesa e quel perfido folletto non potrà andare né avanti né indietro.

– Tutto quello che ci serve è una chiave stringitubi – disse Velma.

– E un'esca! Scooby e Shaggy andranno sul toboga, lo attireranno in trappola e noi lo prenderemo nella rete! – esultò Daphne.

Shaggy e Scooby si limitarono a scuotere la testa.

– No, no e poi no – abbaiò il cagnone.

– Non avete alcuna speranza di riuscire a convincerci a fare da esca per quel terrificante folletto – aggiunse Shaggy. – Non c'è niente che possiate dire o fare.

– Nemmeno in cambio di uno Scooby Snack? – disse Daphne con voce flautata.
– Farò un'eccezione! – abbaiò Scooby allegro.
Ridendo, Daphne lanciò in aria il croccantino. Il cagnone tirò fuori un palmo di lingua e lo fece sparire in meno di un secondo.
– Ehi! Per me non c'è niente? – protestò Shaggy.
– Ma certo, c'è qualcosa anche per te – rispose

Velma lanciando un oggetto dall'aria commestibile verso l'amico. Shaggy spalancò la bocca, inghiottì senza nemmeno guardare di cosa si trattasse e poi esclamò: – Uao! È il mio panino con marmellata, banana e cioccolato! Grazie Velma!

– Bene, ora veniamo al piano – disse Fred.

– Shaggy e Scooby si faranno un altro giro sul toboga Spruzzi e Spassi. Quando il folletto metterà fuori il grugno, Velma darà un segnale a Daphne che avviserà me. Io sarò nella stanza delle pompe idrauliche, pronto a interrompere il flusso d'acqua.

– Domanda: come faremo Scooby e io a scappare da quell'orribile... *coso blu*?

– Con questo! – rispose Fred sollevando lo skate sequestrato a Ziggy Bones. – Tippy ha accettato di prestarcelo.

– Faremo buon uso dell'idea di Ziggy. Voi due

salterete sullo skate e scenderete giù dallo scivolo asciutto – continuò Velma. – In fondo alla discesa ci sarà abbastanza acqua da garantirvi un atterraggio sicuro. Farete solamente un bel tuffo, ecco tutto.

Fred porse a Shaggy e Scooby lo skate dicendo:

– Forza, è ora di andare.

La Misteri & Affini s'incamminò verso gli scivoli del toboga più alto del mondo. Shaggy e Scooby dovettero ripercorrere tutto il sentiero attraverso la finta foresta e riascoltare i canti degli uccelli fasulli sui rami di cartapesta. Arrivati all'ingresso della Spruzzi e Spassi, però, non trovarono l'inserviente con il poncho blu. Chi avrebbe azionato la pompa per far funzionare il toboga?

– Ho un'idea, Scooby – disse Shaggy alzando la voce per sovrastare il fragore della cascata.

– Tu sistemati dentro al tronco. Io apro il rubinetto dell'acqua e poi salto dietro di te. D'accordo?

– Affare fatto! – abbaiò il cane che prelevò lo skate dalle mani di Shaggy per infilarselo sotto la zampa. Quando si fu seduto nel tronco urlò:

– Ci sono!

Ma non appena si fu avvicinato al bottone con la scritta "VIA", Shaggy sentì un colpetto sulla spalla. Si voltò, aspettandosi di trovare Velma, Fred o Daphne. Invece, a due spanne dal suo naso, c'era lo spaventoso folletto.

– Pericolo! – strillò Shaggy balzando dentro al tronco.

Il folletto schiacciò il bottone e fece anche in tempo a raggiungere i nostri due eroi a bordo. La creatura si piazzò nell'unico posto rimasto libero: dietro a Scooby.

– Scooby Doo, attento! Dietro di te! – gridò Shaggy. Il rumore della cascata però copriva le parole di Shaggy.

– Paura! – abbaiò, quando mise a fuoco il grugno blu seduto a pochi centimetri dalla sua coda.

– Bella vista da quassù, vero? – disse il folletto.

– Aiuto – guaì il povero cagnone guardandosi attorno in cerca dei suoi amici. Da quell'altezza, però, non vedeva nessuno e per di più il tronco era partito per la sua corsa su e giù dagli scivoli, prendendo le curve a velocità supersonica. Intanto, il folletto malvagio non smetteva di ridere. Smise solamente quando il tronco arrivò in cima all'ultima salita, quella più alta, e lì si fermò.

– Cosa succede? – sbraitò il folletto irritato.

– Vai, Scooby!

Le voci di Velma e Daphne provenivano dal basso. Scooby non perse tempo a guardare giù. Deglutì e si alzò sulle zampe.

– Ciao, ciao – disse al folletto mentre appoggiava lo skate sullo scivolo ormai asciutto. Poi, senza nemmeno darsi una spinta, si lasciò scivolare. Il folletto ci mise poco a capire quello che stava succedendo e passò all'azione. Prima che il cagnone fosse fuori portata, si aggrappò alla sua coda. In men che non si dica, Scooby filava come il vento trascinandosi dietro una cometa blu. Dopo pochi metri e innumerevoli rimbalzi, il folletto fu costretto a mollare la presa. Atterrò pesantemente su una pila di salvagenti, mentre Scooby Doo finiva la sua corsa con uno spettacolare tuffo a bomba.

HAI SCOPERTO IL COLPEVOLE?

– Che avventura, ragazzi! È giunto il momento di scoprire il colpevole... hai raccolto tutti gli indizi? Ricordi quali sono le persone sospette? Rimetti in ordine i tuoi appunti, allora: di sicuro la soluzione del caso ti sarà chiara! Ma se hai bisogno di un piccolo aiuto, finisci di leggere questo libro... io e i miei amici ti daremo una mano!

9
Un folletto preso in trappola

Velma accorse ad aiutare Scooby Doo, ancora a mollo nella vasca posta alla fine della corsa.

– Stai bene? Sei tutto intero?

Per tutta risposta, Scooby si scrollò fino all'ultima goccia bagnando l'amica dalla testa ai piedi.

– Beh, sono proprio contenta che tu sia sano e

salvo – disse la ragazza asciugandosi gli occhiali.
– Uao! Che corsa! – esclamò Scooby.
Nel frattempo, Daphne e Fred si erano precipitati a immobilizzare il folletto. Dopo pochi secondi, Tippy Torre li raggiunse.
– Sei arrivata al momento giusto, – dichiarò Fred – per scoprire chi si nasconde dietro tutto questo.
– Non vedo l'ora! – annunciò la ragazza. Senza indugi, strappò la maschera al folletto. Sotto, si nascondeva Bruno Meister.
– TU?
– Proprio come abbiamo sempre sospettato – disse Velma.
– Davvero? – esclamò Tippy. – E come facevate a saperlo?
– Semplice lavoro investigativo – rispose Velma. – Abbiamo raccolto degli indizi e li abbiamo collegati fra loro.

– Per prima cosa, – intervenne Fred – abbiamo trovato questo ritaglio...

Porse il frammento di foto alla ragazza che si riconobbe subito.

– Ma sono io! – esclamò. – Questo è il mio braccio!

– Infatti, – intervenne Daphne – così abbiamo cominciato a ragionare sulle tue foto che sono circolate oggi. Ne abbiamo contate tre...

– Quindi avevamo tre possibili colpevoli – aggiunse Fred.

– Bruno Meister aveva una tua foto modificata al computer, in cui indossavi un costume da bagno non tuo – continuò Velma.

– E poi c'era la foto con lo skate elaborata da Ziggy Bones.

– Mi ricordo benissimo di quelle foto, ma avete parlato di tre sospetti. Chi è il terzo? – chiese Tippy Torre.

– Si tratta di me – rispose il signor Grumley alle loro spalle. – Ero così arrabbiato per via del mio licenziamento… diciamo che mi sono sfogato così.

Senza aspettare che qualcuno glielo domandasse, l'uomo estrasse da una tasca la foto di Tippy con i denti anneriti e i baffi.

– Sono solo venuto a riprendere la mia cassetta degli attrezzi. Me ne vado subito – aggiunse.

– No, signor Grumley, si fermi – disse Tippy con un sorriso di scusa. – La prego di perdonarmi. Ho commesso un errore gravissimo e mi dispiace tanto. Non vorrebbe accettare le mie scuse e continuare a lavorare per me?

– Con piacere! – esclamò l'uomo, che evidentemente non sognava altro.

– Poi le nostre ricerche ci hanno fatto trovare un secondo indizio – riprese Velma. – Vicino al Fiume Pigro abbiamo recuperato questa chiave

stringitubi. Sapevamo che solo due persone maneggiavano attrezzi come questi: il signor Grumley, che lavorava qui, e Bruno.

– Le Forniture Idrauliche Meister – esclamò Tippy. – Ma certo!

– E infine ecco l'ultimo indizio, quello che ha chiarito il mistero – disse Daphne mostrando il pezzo di gomma tricolore.

– Una cuffia da bagno... – disse Tippy. – Negli stessi colori del costume ideato da Bruno.

– Esatto, – continuò Fred – quindi capimmo che solo la mente di Bruno Meister poteva aver architettato questo piano per costringerti a chiudere l'Aquapark Oceanico.

– Questa si chiama concorrenza sleale – disse Tippy arrabbiata. – Ti sei spinto così in là solo per convincermi a lavorare per te?

Il finto folletto digrignò i denti.

– Non darti così tante arie, ragazzina – sibilò.

– Tu possiedi qualcosa di molto più importante per me.
Tippy lo fissò perplessa.
– Acqua – confessò Bruno. – Il sindaco ha rifiutato il mio progetto perché preoccupato dalla quantità d'acqua necessaria per rendere agibile la mia piscina. Ho pensato che se questo ridicolo aquapark avesse chiuso i battenti, io avrei messo le mani su tutta la tua meravigliosa, freschissima, preziosissima acqua.
– Volevi impossessarti della mia acqua? – ripetè Tippy sgranando gli occhi.
– E ci sarei riuscito, se quattro mocciosi ficcanaso e un cane acrobata non mi avessero sbarrato la strada.
– Hai ascoltato abbastanza di questa brutta faccenda? – domandò a quel punto Daphne.
– Direi di sì, ma a proposito di ascoltare, come faceva questo brutto muso a parlare a voce così

alta? Le sue minacce si potevano sentire attraverso tutto il parco…

– Grazie a questo trucchetto – disse Velma. La ragazza si abbassò per estrarre dalla maschera un piccolo microfono collegato agli amplificatori dell'aquapark.

– Ragazzi, siete stati fenomenali! – esultò Tippy. – Avete risolto questo mistero e aiutato

il signor Grumley a riottenere il suo lavoro… Come posso sdebitarmi?

– Che ne dici di un gelato? – chiese Scooby.

– Puoi mangiare tutto il gelato che vuoi – rispose Tippy con un sorriso felice. – Però voglio fare di più: da domani, l'Aquapark Oceanico offrirà ai suoi ospiti un'attrazione che unirà il divertimento dell'acqua all'emozione dello skateboard. E si chiamerà lo Scooby-Spasso!

Tutti scoppiarono a ridere, mentre Scooby Doo afferrava il microfono e urlava a squarciagola:

– Scooby-Dooby-Doo!

Indice

SCOOBY-DOO!™

MISTERI A 4 ZAMPE

Tutti i libri della serie

1. Il tesoro sommerso
2. La mummia vivente
3. Lo yeti gigante
4. Il lupo mannaro
5. Il mago malvagio
6. Il castello stregato
7. Il cavaliere senza testa
8. Il vampiro assetato
9. Il fantasma stonato
10. Il segreto del labirinto
11. Il mostro degli abissi
12. La bambola stregata
13. La notte delle magie
14. Un'estate da brivido
15. Il gorilla fantasma
16. Il tesoro dello zombie
17. Il mostro delle caverne
18. Lo scheletro volante
19. L'isola dello stregone
20. Il ritorno di Frankenstein
21. Lo spettro del computer
22. Il cactus carnivoro
23. Un lupo allo stadio
24. La minaccia del mostro
25. In fuga dal Robot
26. Paura tra i cowboy
27. Pericolo al bowling
28. Il mostro nella rete

Il tesoro del fantasma

Stavolta la Misteri & Affini deve vedersela con tre mostri davvero spaventosi: un palombaro fantasma, un ninja veloce come un fulmine e un bellicoso vichingo...

Cartonato con sovraccoperta
Pagine 256

La vendetta del corsaro blu

Tutti a bordo! La Mystery Machine è in partenza per nuove avventure: Scooby Doo dovrà smascherare il fantasma di un corsaro, un mostro verde e una finta fattucchiera...

Cartonato con sovraccoperta
Pagine 256

La mummia vivente e altre storie

La Misteri & Affini dovrà darsi da fare a smascherare un'antichissima mummia egizia, uno spaventoso yeti e un pirata fantasma molto vendicativo...

Cartonato con sovraccoperta
Pagine 256

Il castello stregato e altre storie

Scooby e i suoi amici devono vedersela con un famelico lupo mannaro, un mago che reclama un libro di incantesimi e un castello infestato da fantasmi!

Cartonato con sovraccoperta
Pagine 256

Appunti dell'investigatore

Arrivederci
alla prossima avventura!!!